# Hors jeu

**Roland Godel** est né à Genève en 1958. Il a exercé durant une quinzaine d'années le métier de journaliste, avant de se réorienter vers la communication institutionnelle. Depuis 2001, il a publié en Suisse plusieurs contes et récits pour la jeunesse. Père de deux enfants, Roland Godel aime écrire lorsqu'il se retrouve sur son île grecque préférée.

**Claude et Denise Millet** ont fait leurs études aux Arts décoratifs de Paris. Depuis, ils dessinent pour la publicité, la presse et l'édition.

Dans Bayard Poche, Claude et Denise Millet ont illustré : *La charabiole - La marelle magique - Coup de théâtre à l'école - Les cent mensonges de Vincent - Il était trois fois - L'ami des nuages* (J'aime lire)

*Septième édition*


Dépôt légal : mai 2014
ISBN : 978-2-7470-4912-2
Loi 49-956 du 16 juillet 1949 sur les publications destinées à la jeunesse.

Imprimé en France par Pollina - L68292B

# Hors jeu

Une histoire écrite par Roland Godel
illustrée par Claude et Denise Millet

J'AIME LIRE
bayard jeunesse

# 1
# Les copains

Je regarde ma montre : presque quatre heures. Dehors, il fait beau. Comme d'habitude, on va se retrouver avec les copains pour jouer au foot sur le petit terrain de l'école, à côté du préau. Je me tourne vers José, et je sens que lui aussi attend la sonnerie avec impatience.

José, c'est mon meilleur copain. Il a de la chance : son père joue au foot avec lui depuis qu'il est petit. Alors, forcément, il est adroit. C'est le patron de la défense. Les autres aussi sont doués. Léo, Bilal et Polo jouent tous dans des équipes de foot et s'entraînent chaque mercredi. Le plus mordu, c'est Tarek : il a deux entraînements par semaine en plus de nos parties après l'école.

Mon père à moi, il n'est pas très sportif. Le foot, ça ne l'a jamais intéressé. Et comme j'ai déjà le piano, le judo et le club d'échecs, mes parents trouvent que ça ferait trop si j'allais en plus dans un club de foot. Moi, je laisserais bien tomber le judo. Il faut que j'en parle à mon père. Mais bon... En attendant, je trouve que je me débrouille déjà pas mal avec le ballon !

Ça y est : la cloche sonne ! Dans un grand vacarme de chaises entrechoquées, tout le monde se précipite vers la porte. Avec les copains, on rejoint directement le terrain. On ouvre le petit portail, et José shoote dans son ballon en cuir, en direction du but.

À ce moment, j'aperçois Valentine. Appuyée contre le grillage, elle me fait une grimace.

Valentine, c'est une fille de la classe, et c'est aussi ma voisine. Elle est chouette, mais elle adore me taquiner. Elle me lance :

– Hé, Michel, c'est nul, le foot ! En plus, tu sais même pas dribbler. Viens plutôt jouer aux billes !

Je réponds :

– C'est toi qui es nulle ! Tu ne serais même pas capable de toucher un ballon sans mettre un but contre ton camp !

Et, vite, j'entre dans la partie. On a déjà formé les équipes : trois de chaque côté.

J'agite les bras pour qu'on me passe la balle. La voilà qui arrive. Trop vite, malheureusement. Elle file entre mes jambes. Le temps de tourner la tête, et déjà Léo s'en est emparé. Il se met à foncer en direction de nos buts. Aïe ! Un superbe tir au ras du sol qui surprend Bilal, notre gardien, et le ballon secoue le filet. Tarek me lance un regard noir. Je lui crie :

– Bon, fais pas la tête ! Le foot, ce n'est qu'un jeu, après tout !

# 2
# Gardien de but

Le jour suivant, au début de la partie, Tarek vient vers moi. Il a l'air embêté :

– Écoute, Michel, on a discuté, et on s'est dit qu'à partir de maintenant tu devrais jouer comme gardien. T'es d'accord ?

Je demande :

– Pourquoi ? Je peux aussi jouer en défense, ou à l'attaque, pour marquer des buts, non ?

Tarek me répond :

– Non, c'est pas une bonne idée. Parce qu'à l'avant il y a déjà Léo et moi. Et, en défense, les spécialistes, c'est José et Polo. Par contre, dans les buts, on n'a que Bilal. Donc, il y a une place pour toi. Les buts, c'est très important. Tu vas faire un malheur, tu verras !

Alors, je vais m'installer dans les buts. J'ai une bonne vue sur tout le terrain. Je sautille et je crie à mon équipe comment attaquer. J'arrive à stopper deux balles avec le pied. Mais avec les mains, c'est plus dur...

Tout à coup, je vois Tarek qui prend son élan pour m'envoyer un tir de canon. Je me retourne pour essayer de l'arrêter avec le dos. Raté ! Le boulet s'écrase au fond du filet.

– Alors, Michel, tu rêves ou quoi ? crie Polo.

Je réponds vite :

– Oh bon, ce n'est pas un drame ! Tu ne vas pas t'énerver pour un petit but de rien du tout !

– Ah ouais ? Tu trouves ça marrant, de perdre ?

Moi, je hausse les épaules et je souris. Quand même, je sens que je fais des progrès en foot.

Ce n'est pourtant pas l'avis de Valentine.

Après le but, elle fait le tour du terrain pour venir derrière moi.

– Hé, Michel ! me souffle-t-elle, tu sais pourquoi ils t'ont mis gardien ? Parce que c'est là que tu gênes le moins ton équipe.

Je réplique aussitôt :

– Menteuse ! Tu ferais mieux d'aller compter tes billes, au lieu de te mêler de ce que tu ne connais pas !

Cinq minutes plus tard, je suis nettement moins fier. Plié en deux, je pleure et je suis mort de honte. Il faut dire que j'ai reçu une bombe de Tarek en plein sur, heu... je ne vous dirai pas où. Je me suis écroulé, roulé en boule, et à travers les larmes j'ai vu la balle rebondir jusqu'au fond de notre cage. 2 à 0...

Ma mère est étonnée de me voir rentrer si tôt. Je raconte ce qui est arrivé. Je fais bien attention à lui en dire le moins possible pour ne pas l'inquiéter. Puis je me réfugie dans ma chambre en refermant la porte derrière moi.

Forcément, le soir, mon père veut en parler :

– Michel, tu es sûr que c'est ton truc, le foot ?

– Ben oui... On s'amuse. Et je suis pas mal, comme gardien. Sauf quand il y en a qui tirent trop fort...

Mon père poursuit :

– Mais ces garçons, ils jouent dans des clubs. Pour eux, c'est du sérieux, le foot...

– Pour moi aussi, c'est du sérieux ! À l'école, tous mes copains font du foot. Tu n'as qu'à me laisser aller dans un club, comme eux !

Mon père me regarde un long moment, puis il se tourne vers ma mère, qui lui fait un petit signe de la tête. Alors, tout doucement, il dit :

– Bon, on verra ça à la fin du trimestre...

# 3

# Carton rouge

L'automne est vite arrivé. Bientôt, avec la pluie et le froid, on ne pourra plus jouer en plein air. Alors, Tarek et Polo ont eu une idée géniale : organiser un grand tournoi de foot entre les écoles de la ville. Notre prof de gym, Gérard, a trouvé l'idée formidable. Tout le monde a été d'accord : on a même reçu de l'argent de la caisse de l'école pour offrir une coupe aux vainqueurs.

Chaque jour, après l'école, on s'entraîne à fond pendant que Gérard s'occupe de l'organisation du tournoi. Moi, je proposerais bien aux autres de me laisser de temps en temps jouer à l'avant. Mais ce soir-là, j'hésite. Parce que, en arrivant sur le terrain, je les trouve bizarres. Je demande ce qu'il y a.

– Rien, mon vieux, laisse tomber ! fait Tarek.

– Allez, on joue ! ajoute José.

Mais, le lendemain, au début du match, Tarek vient me mettre la main sur l'épaule et me conduit vers le bord du terrain.

Il me dit :

– On a un problème. Il n'y a plus que dix jours avant le tournoi. Maintenant, ce n'est plus un jeu, c'est sérieux. Tu comprends ?

– Je comprends quoi ? Qu'est-ce qu'il y a à comprendre ?

Il y a un silence. José fait une drôle de tête. Tarek reprend :

– Ben… désolé, mais on a dit à Gérard qu'on aurait des équipes de cinq joueurs. Toi, t'es pas vraiment footballeur, tu sais bien. T'as pas la technique. Et, dans les buts, Bilal est plus sûr. Donc, on n'a pas le choix : c'est toi qui es hors jeu pour le tournoi…

Je sens des larmes me monter aux yeux. Je tourne le dos et je quitte le terrain.

# 4
# Grosse colère

À la maison, ma mère me regarde d'un air étonné :

– Qu'est-ce qu'il y a, mon chéri ? Tu ne te sens pas bien ?

Je bougonne :

– Non, rien ! Je suis crevé. Je vais me reposer.

Ma mère se rend compte que ça ne tourne pas rond. Mais je n'ai vraiment pas envie de parler, alors je file tout droit dans ma chambre.

Peu après, c'est mon père qui vient me poser un tas de questions. Et là, tout à coup, je n'en peux plus et je hurle :

– J'en ai marre de jouer, c'est tout ! Et je n'aime plus le foot ! Voilà. T'es content ?

Au lieu de se fâcher, mon père passe ses doigts dans mes cheveux :

– Non, je ne suis pas content, parce que je vois bien que tu es triste. Si tu ne veux pas en parler maintenant, d'accord, mais on en discutera plus tard.

Ce soir-là, impossible de m'endormir. Je gigote, j'ai chaud. Les pensées se bousculent dans ma tête. Valentine avait raison : je gênais mon équipe sur le terrain. Et mon père, il a peut-être aussi raison : le foot, ce n'est pas mon truc. Et puis, il y a José… Comme les autres, il a sorti le carton rouge contre moi !

Dans la pénombre, mon œil s'arrête soudain sur une tache brillante : mon album de la Coupe du monde. Je me redresse brusquement et j'allume ma lampe de chevet. D'un coup de pied rageur, j'envoie valser l'album au milieu de la chambre.

Sur mon bureau, je trouve un gros stylo-feutre noir.

Alors, à la première page de l'album, entre les photos des joueurs, je me mets à écrire en lettres majuscules : LE FOOT, C'EST TROP NUL ! Quelques pages plus loin, j'écris : JE DÉTESTE LE FOOT ! Je tourne encore des pages pour marquer : JE HAIS LE FOOT ! Pendant un instant, je contemple ma phrase. Puis, juste au-dessous, j'ajoute : ET JE VOMIS LE FOOT !

Ma main tremble en formant les lettres. Mais dès que j'ai fini le dernier point d'exclamation, je me sens mieux. Je referme mon album et le jette sous mon lit. Loin de ma vue !

# 5
# Échec et mat

Le lendemain, à l'école, on dirait que Valentine a tout compris : elle ne me pose aucune question et n'essaie même pas de me taquiner. Elle me raconte des trucs débiles pour me faire rire. Pendant toute la journée, je n'échange pas un mot avec ceux de l'équipe. Pourtant, je ne peux pas m'empêcher de guigner* de temps en temps du côté de José, et je vois qu'il esquive mon regard...

* Regarder en cachette.

À quatre heures, je fais un détour pour éviter le terrain de foot. Tout à coup, j'entends des bruits de pas : c'est José. Il se plante devant moi et me fixe d'un air embarrassé :

– Euh… salut. J'aimerais te dire quelque chose.

– Ben, vas-y, je ne peux pas t'interdire de parler.

– Écoute, je suis désolé… Tarek voulait absolument te sortir du jeu. Moi, je n'étais pas d'accord. J'ai dit qu'on devait tous jouer. Alors on s'est disputés et, pour finir, on a dû voter. C'est la majorité qui a décidé…

– Merci, elle est vachement sympa, la majorité !

– Mais ce n'est pas contre toi, tu comprends ? ajoute José. C'est juste parce qu'il y a ce tournoi. Tarek, Polo et Bilal veulent avoir la meilleure équipe pour gagner.

– De toute façon, le foot, maintenant je m'en fiche. Et les copains, je ne veux plus les voir.

– Moi, en tout cas, j'aimerais qu'on reste amis. L'entraînement, je ne vais pas y aller aujourd'hui. On pourrait faire quelque chose tous les deux, non ?

J'hésite un peu. Au fond, ça me fait drôlement plaisir de retrouver José et de savoir qu'il m'a défendu. Alors, je lui propose de venir faire une partie d'échecs chez moi. Avec toutes ces histoires de foot, ça fait un siècle qu'on n'a pas joué ensemble. On s'installe dans ma chambre, et je vais prendre la boîte brune dans l'armoire.

Quand je pose l'échiquier devant lui, José gémit en levant les yeux au ciel. C'est sa petite comédie habituelle : il a beau s'exercer avec son frère de quinze ans, il n'a encore jamais réussi à me battre.

La partie commence. D'un seul coup, je suis plongé dans le jeu. J'imagine les mouvements, je vois les trajectoires qu'il faut suivre. Quand José bouge enfin une pièce, je réagis tout de suite... paf !

Un peu plus tard, je proclame :

– Échec et mat !

– Pfff... t'es vraiment trop fort, toi ! On dirait que tu as un ordinateur à la place du cerveau !

– Et toi, on dirait que tu as un obus dans la tête ! Au lieu de foncer sur mon roi, tu ferais mieux d'observer un peu la partie !

# 6
# Le tournoi

Les jours suivants, j'essaie de penser à tout sauf au foot. Et puis arrive ce fameux samedi, le jour du tournoi... Je sais que toute l'école va encourager notre équipe. Mais moi, je n'y serai pas. Hors jeu ! L'après-midi, je suis en train de lire des bandes dessinées quand, soudain, le téléphone sonne.

– Michel ! C'est pour toi ! crie ma mère.

Au bout du fil, il y a José.

– Euh... salut, Michel ! dit-il. C'est bien que tu sois là... Dis, j'espère que t'es en forme, parce qu'on va avoir besoin de toi !

– Hein ? Je ne comprends rien à tes salades. Et, d'abord, c'est quoi, ce boucan derrière toi ?

– C'est le tournoi, qu'est-ce que tu crois ? Écoute, on a un problème : je viens de me tordre la cheville...

– Ah bon ? Désolé... C'est grave ?

– Ça va, juste un faux mouvement. Mais je ne peux pas jouer le dernier match...

Je ne dis rien.

– Michel... il faut que tu viennes me remplacer. Parce que, à quatre contre cinq, on n'a aucune chance !

– Tu plaisantes ? Tu oublies que je ne suis pas vraiment footballeur, je n'ai pas la technique !

– Ça, c'est Tarek qui l'a dit. Moi, je sais que tu peux être bon. Allez, viens, s'il te plaît. Tout le monde t'attend !

« Tut... tut... » Il a raccroché.

Sous le coup de la surprise, je me mets à réfléchir à toute allure. D'un côté, ça m'énerve qu'on m'appelle à l'aide après m'avoir mis sur la touche. Mais d'un autre côté, José a besoin de moi.

Quelques minutes plus tard, je suis en short et en baskets. Le temps d'expliquer la situation à ma mère, tout étonnée, et, déjà, je fonce à l'école.

Il y a du monde au bord du terrain. J'entends crier mon nom : c'est Tarek qui se précipite à ma rencontre, avec Bilal, Léo et Polo.

Tarek me lance :

– Salut, champion ! Merci d'être venu. Alors, écoute : on joue deux fois dix minutes. Tu remplaces José comme arrière droit. OK ?

Les copains me poussent sur le terrain. D'un coup, je vois l'autre équipe en position de jeu et Gérard, notre prof de gym, qui me fait signe : c'est lui, l'arbitre. Autour de nous, des groupes de supporters scandent le nom de leur école.

Bilal ordonne :

– Tu restes en défense, près des buts ! Tu n'essaies surtout pas de partir à l'avant. Le principal, c'est de bloquer leurs attaquants !

Je demande, un peu effrayé :

– On en est à combien de points ?

– On est presque les meilleurs… Et si on gagne ce match, on est champions. Mais, eux, ils peuvent se contenter d'un match nul pour gagner le tournoi. Tu piges ?

# 7
# Le coup d'œil du pro

Ça y est : l'arbitre a sifflé. Les joueurs se mettent à courir. Le ballon circule bien. Léo envoie une longue balle en cloche, récupérée par Tarek, qui part aussitôt à l'attaque. À la hauteur du penalty*, il tire une bombe qui file entre les doigts du gardien. 1 à 0 ! Du bord du terrain s'élève une clameur qui me fait frissonner.

* Point blanc face au but d'où est tiré le penalty.

Mais après la mi-temps, c'est la catastrophe : Bilal remet en jeu dans ma direction. Le ballon fait un rebond. Je voudrais le dévier vers Polo, mais il glisse sur ma cuisse et finit… dans les pieds d'un attaquant adverse. C'est un petit gars rapide. Il se met aussitôt à dribbler comme un fou, passe devant moi comme une flèche et ajuste un tir tendu, qui prend Bilal à contre-pied. Aïe ! 1 à 1… Tout est à recommencer…

Je baisse la tête, penaud, sentant toute l'équipe me fusiller du regard. Tout à coup, on m'appelle : c'est José. Assis sur le bord du terrain, il maintient un sac de glace sur sa cheville.

– Vas-y, Michel, te décourage pas ! me crie-t-il.

Facile à dire... Pourtant, il a raison : je ne vais tout de même pas faire perdre mon équipe ! Je me replace dans le jeu. Je me concentre, et j'observe...

Bilal vient d’intercepter le ballon. Je lève les bras pour qu’il me le passe. Il hésite, mais comme un attaquant le menace, il glisse la balle vers moi. Pas trop fort, juste comme il faut. Brusquement, comme au jeu d’échecs, je vois ce qu’il faut faire : sur ma droite, Tarek est bien démarqué*; il pourrait s’enfoncer par l’aile, puis pousser le ballon vers Léo qui est placé tout près des buts adverses...

* Cela veut dire qu’il est seul, sans adversaire près de lui.

Je me tourne à gauche pour faire semblant de passer à Polo. Aussitôt, les adversaires se précipitent dans sa direction. Alors je crie : « Tarek ! » et je lui envoie la balle du côté droit. Tarek s'envole vers les buts, prenant l'autre équipe par surprise. Il se passe exactement ce que j'avais imaginé : trois secondes plus tard, Léo reçoit un ballon en or, qu'il plante d'un tir superbe dans la lucarne. 2 à 1 !

Il y a une immense ovation. Les élèves de ma classe sautent de joie. Parmi eux, j'en vois une qui saute plus haut que tous les autres, les bras levés au ciel : c'est Valentine !

L'arbitre siffle enfin la fin du match. On est les champions ! Toute l'équipe se précipite au milieu du terrain.

On rit, on s'envoie des claques dans le dos. Et voilà José qui nous rejoint à cloche-pied, en criant :

– Hé, les gars ! Vous avez vu la feinte de Michel ?

– Ah ouais ! s'enthousiasme Tarek. T'es peut-être pas encore le roi de la technique, mais là, chapeau ! T'as eu le vrai coup d'œil du pro !

Peu après, Gérard remet la coupe aux vainqueurs. On pose pour une photo, puis la coupe passe de main en main. Quand c'est à mon tour de la brandir, j'aperçois ma mère qui applaudit. Mon père est là, lui aussi. Il sourit.

Je repense tout à coup à mon envie de m'inscrire dans un club de foot : je sens que ça va être le bon moment pour en reparler !